마개 없는 것의, 비가 오다

소요유시선 01

마개 없는 것의, 비가 오다

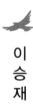

이
승
재

soyolou

작가의 말

바지춤을 내리고 변기통에 앉아 몸 밖으로 똥을 밀어내는 힘, 그런 힘으로 시를 썼다. 문예반은 고사하고 철 들 때까지 시집 한 권 읽은 적 없다. 순전히 아랫배 가득한 배설의 욕망이 시를 쓰게 했다. 나는 시인이 아니고 시인이 되고 싶은 사람도 아니다. 그저 감당 못할 아랫배의 싸르르함을 이기지 못하고 시의 똥통 위에 앉아 힘을 쓰고 있는 사람일 뿐이다. 그래서 이 책에 실린 시들은 진정한 의미에서 시가 될 수 없고 문학이 될 수 없음을 안다. 나야 몸 밖으로 밀어낸 이것들을 세상에 내보내면 홀가분할지 몰라도 이 글의 태생적 한계로 세상에 악취를 더 하는 건 아닐까 걱정이다.

나의 첫 번째 독자이자 마지막 독자인 아내 이현정에게 고맙다는 말보다 미안하다는 말을 전한다. 돼먹지 않은 글을 읽는 수고로움이란 해 보지 않은 사람은 모를 것이다. 부모님 돌아가시고 그 자리를 대신해 주신 장인 장모님, 나와 함께 가난을 나누었던 두 동생 상재와 기재, 그리고 이희섭선생님, 선생님이 시의 두 번째 문을 열어주지 않았다면 이 글은 세상에 나올 수 없었을 것이다. 모두 고맙습니다. 이 글을 읽어주실 분들께도 감사의 인사를 전합니다.

고비 사막을 건너는 헛도는 나사의 기억투쟁

이희섭 사진찍는 이

기억을 더듬는 것. 까맣게 먼 저 쪽의 기억들을 이 쪽으로 끌어내어 나의 단어들로 해석하여 다시 풀어내는 것. 글을 쓰는 행위는 과거 기억의 진탕 깊은 속으로 자맥질하여 들어가 난수표 같은 기억들을 의미 있는 것들로 다시 만들어내는 것이다. 이 작업은 기억을 끄집어 올려내야만 한다는 강박에 가까운 노력과 의미 있는 기억은 무엇인가 하는 선별의 수고로움을 가져야만 한다.

그의 기억은 사람들에 대한 기억이다. 이 시집에 등장하는 사람들은 모두 시인의 삶에 직접적으로 다가왔거나 구체적인 관계를 형성한 사람들이다. 그의 기억의 곳간 속에서 웅크리고 있었던 수많은 일상을 일상이라는 벽장 속에 묻어두지 않고 살아서 벌떡거리고 있는 현재의 모습으로 그 앞에 세워둔다. 별것 없는 장삼이사, 김지이지의 삶들이다. '기억도 복개된 채' 흘러갔고, 세월이 흐르면서 팽팽한 화살들도 '각자의 과녁에서 조금씩 멀어져 갔'지만 시인은 그것들을 다시 곱씹고 다듬은 언어로 다시 우리 앞에 세워둔다.

시인의 이 원고를 받아든 그 날 밤 나는 가슴 한켠이 무너진 것처럼 서늘하여 잠을 이루질 못했다. 기억의 타래가 꼭 그의 것만이 아닌 마치 나의 것처럼 여겨져 오랫동안 나와 관계를 맺었던 사람들과의 기억을 더듬어 보았던 것이다. 이 시인은 왜 이 사람들을 과거의 어떤 한 시간의 축에다가 못 박아 두듯이 놔두질 않고 지금 이 시간에 불러내어 왔을까. 이 시들을 통한 기억의 공유는 시인에게 또는 우리에게 어떤 의미를 던지는 것일까. 이것의 의미를 밝히는 것은 의미가 있는 것 이기나 한 것일까.

나의 사진 강좌에 승재 씨가 온 것은 십여 년도 더 되었다. 노란 체크무늬가 있는 양복저고리와 주름 하나 없는 날이 선 감색바지와 유난히도 반짝거리는 항공모함처럼 커다랗게 보이는 구두를 신고 있었던 기억이 선명하다. 키가 훌쩍하여 어깨가 구부정하게 보이는 어깨와 그의 크고 선한 눈 속에 비치는 예감할 수 없는 우울 또한 내 기억의 일부이다. 강좌가 진행되면서 내게 보내오는 사진들 또한 그런 우울의 예감이 맞아떨어지는 것들이었다. 서동의 언덕배기를 넘어서는 힘 든 사람들에 대한, 유리창 너머의 마네킹들의 죽은 듯한 얼굴과 손들, 백화점 맞은 편, 육교를 하염없이 오가는 영혼 없는 듯한 사람들의 왕래, 빗속의 웅크린 돌사자들, 이주가 끝나고 흩어진 마을들의 남겨진 그림자들, 산복도로의 급한 경사와 계단에서 유령처럼 어슬렁거리는 사람들… 이런 이미지들 속에서 나는 그가 바라보는 대상들 속에 숨어있는 소멸과 죽음의 운명들을 읽어내곤 했다. 어차피 살아있는 유기체의 운명이라는 것이 죽음이라는 종점을 운명으로 가지고 있는 것이 필연일 수밖에 없지만 보통의 수강생들이 즐겨 찍어오는 꽃과 물과 해의 밝음은 그에게는 아주 낯선 것이었다. 그것들은 또 다른 메멘토 모리였던 것이다. 이제 그 죽음에 대한 기억들이 그의 글로 바뀌어 세상에 나서게 되었다. 환생이다.

시인의 그리움은 그의 가슴 속에 있는 거대한 욕망의 또 다른 이름이다. 모든 존재는 '고비사막'을 떠도는 부유의 존재이다. 한시라도 붙박혀 사는 정주의 꿈을 꾸지만 막상 정주의 삶이 오면 사막의 떠도는 유목의 시간들을 꿈꾼다. 그래서 유목과 정주의 욕망은 단 한 번도 우리를 만족시키지 못하게 만들고야 만다. 어디에 있든지 간에 모든 밤은 '주눅든 밤'이 되며 그것은 늘 '불길한 시간'이 되고 야말 것이며 '내 안에 켜 둔 탐조등'은 '긴 혀를 빼물고 욕망을 채우는 짐승처럼' 꺼질 줄을 모른다. 사랑과 만남과 화해는 '연착하는 기차처럼 한 발짝씩 늦게 도착'하는 패착의 연속이어서 올곧게 완성된 포만의 시간을 가지질 못한다.

시인의 기억을 끌어 올리는 힘의 원천은 이 미완의 영역들인 것이다. 다행스럽게도 아주 늦고 느리게 포만의 완성은 그의 가족에게서 오는 듯이 보인다. 하지만 그것조차도 실은 '바다'의 또 다른 이름처럼 보이며 '바다의 늑골 같은 아버지'의 또 다른 구현처럼 보인다. 부활과 완성은 이 책의 또 다른 이름이지만 또 다시 시작해야만 하는 유목의 시작점일지도 모른다. '현실의 경계를 허물어 마음의 경계로 삼고자'하여 멀리 떠난 7번 국도는 멀리 떠났다고 생각한 순간 다시 되돌아온 7번 국도인 것이다. 정주했다고 생각한 순간 다시 유목은 시작되었고 그것을 운명처럼 시인은 받아들인다. 어차피 모든 길은 7번이기도 하고 1번 또는 5번이기도 한 것을… 모든 길은 경계가 번져 서로 맞닿게 되어있는 운명이기에 '흩어진 모래알'의 복개된 기억들은 모든 길, 사막, 바다 위에서 흔들리며 만나질 것이며 시인의 기억투쟁으로 다시 개복된 것이다.

차례

1부. 황사바람 불던 날

2부. 바람 속 풍경

3부. 와우산 텃바람

제1부

황사바람 불던 날

저녁기도

일이 끝나
어두워지는 거리를 지나
집으로 돌아가는 길은
아내의 식탁으로 초대되어 가는 길이다
저무는 길 따라 크고 작은 일상들
하루해처럼 저물어
손발을 씻고 앉는 저녁식탁
나는 한 마리 착한 짐승이 되어 있다
주기도문을 외듯
낮의 일들을 되뇌며
숟가락을 함께 드는 시간이
하루치 상처를 보듬는 시간임을
그녀의 저녁 식탁에서 배운다
시장기 이면의 저녁밥상
밥과 반찬을 나누는 일이
기도보다 더 절실한 기도인 시간

딸에게 쓰는 아빠의 첫 시
-내 딸이 세상에 오던 날의 풍경

하늘이 맑더냐고!
푸르고 푸르른 오월의 하늘이
헤아릴 수 없이 푸르렀고
꿈꾸는 나무들이 행복에 겨운 얼굴로
쪽빛 바람에 산들거리는 날이었다
엄마 아빠의 가슴 속
희망이 샘솟는 강을 건너
네가 오던 날
기쁨에 넘치는 햇살이
까르르까르르 웃고 있던
오후였다

네가 엄마 아빠의
사랑으로 오던 날이었다

5학년 딸 1학년 아들

아직까지 숨바꼭질 더 재미있는
5학년
좋아하는 가수 이름 부르며 소리치고 싶은
5학년
목욕하고 아빠에게 몸 보이기 싫은
5학년
그런 5학년 딸이 좋은 아빠

운동장에서 뛰어놀다 수업시간 늦어 선생님께 꾸중 듣는
1학년
쉬는 시간 있어서 유치원보다 학교가 더 재미있는
1학년
나, 너, 우리 받아쓰기 백점도 받는
1학년
그런 1학년 아들이 좋은 아빠

왜냐하면
-여덟 살 아들의 생일에

세상의 아버지들 중 나는 행복한 아버지다
많이 개구쟁이지만 사랑도 많은 아들이
내게 있기 때문이다

세상의 많은 아버지들 중 나는 행복한 아버지다
이부자리 펴놓고 레슬링을 하다가
엄마에게 혼이 날 때 덩달아 혼이 나지만
더운 땀 뻘뻘 흘리며 볼에 입을 맞추는 아들이
내게 있기 때문이다

세상의 많은 아버지들 중 나는 행복한 아버지다
비옷 입고 나뭇가지 털고 물웅덩이 첨벙첨벙
함께 장난하는 여덟 살 친구 같은 아들이
내게 있기 때문이다

세상의 많은 것 중, 사랑이란 이름이 붙여진 많은 것 중
아버지와 아들로 만난 인연이 참 고마운
그런 아들이 내게 있어
나는 행복한 아버지다

여름산정

여름 산을 오른다
반쯤 빈 물병 여울 소리
등에 지고 오른다
등짝보다 큰 가방 멘
어린 아들 뒷모습 보며 오른다
오늘 하루치 산행의 짐도
등짝을 벗어날 만큼의 크기인데
저 등으로 져 날라야 할
산행 같은 삶의 짐은 또 얼마랴
저는 저대로 한 짐
산 위로 져 나른다고 구슬땀 흘리지만
나는 나대로
내 삶의 등짐은 너로구나
생각하며 뒤를 밟아간다
그렇게 세대와 세대를 잇는 것인가 하며
돌아가신 아버지를 기억하는데
산정이 가까운지 바람도
짙은 초록이다

나무가 만든 바람

나무는 참 고맙지요 바람을 만들어 주니까, 초저녁 눅진 눅진한 더위가 팔 다리 감아오는 장마철 딸의 손잡고 큰길 가 쓰레기 집하장으로 가며 네 살 된 딸이 말했다 딸이 나무가 바람을 만든다고 말하는 순간, 바로 그 순간은, 나무가 만든 바람이 태어난 순간이고 머물지 않는 바람은 이내 세상으로 나아갔다

바람이 부니까 나뭇잎이 별처럼 반짝여요, 계곡에서 물장난하고 돌아가는 국도변 마당 넓은 집 평상에 앉아 나이 많은 느티나무에 바람이 부는데 여덟 살 아들이 말했다 아들이 이렇게 많은 별은 처음 본다고 말하는 순간, 바로 그 순간은, 아이의 가슴에 수 천 개의 별이 뜨는 순간이고 낮에도 뜨는 별은 이내 하늘로 올라갔다

바람이 불 때 마다 느티나무엔 수 천 개의 종이 매달렸다 바람을 만난 나무의 종소리 들으며 나는 바람의 뒷모습 읽을 수 없는 사람이지만 저 바람은 딸이 말하던 순간 태어난 바람이라 생각했다 태어난 지 여덟 해 되는 바람은 동갑나기 아들과 만나 느티나무 사이 오며가며 함께 장난을 하고 있었다

십일월

당신이 만약, 시 외곽
새까맣게 때 오른 식초병이 놓인 중국집에서
짜장면을 먹어 본 적이 없다면,
주인이 짜장면 그릇을 내오는데
김이 오르는 짜장면 그릇을 보고
울컥 해 본 적이 없다면,
점심 한 끼 허기를 들킨
짜장면 그릇을 앞에 놓고
죽음과 죽음 뒤를 생각해 본 적이 없다면,
나는 회동동 금사공단 입구
고가다리 위를 달리는 차 소리 가까운
그 중국집에 가보라고
그때가 십일월이 아니어도 좋으나
십일월이면 사랑하는 사람과 손을 잡고
짜장면을 먹어보라고 말하고 싶다

희철이네 칼국수집

서동시장 뒷골목 희철이네 집
홀 안쪽 문 없는 방에
환갑 넘어 보이는 여자 몇이
칼국수를 먹고 있다
사월 하순 잔업 없는 토요일 오후
너그러운 햇살처럼
그녀들 목소리가 홀 안에 퍼졌다
귀동냥이 시작된 것은
남편들 이야기가 시작되고부터이다
삼, 사십 년 함께 살았을
남편의 험담과 타박, 그 아래 깔린
은근한 자랑이 국수 맛을 깊게 했다
여자들의 남편들은
근처 공장지대 노동자나
건설현장 일꾼일거라고 나는 생각했다
또 그이들이
술을 마시는 퇴근길 막걸리집과
막걸리집의 어두운 탁자와
하루의 노동을 생각했다
곗날, 삼천오백 원짜리 칼국수에

뭉친 근육이 풀어지듯 풀어진 그녀들
그녀들 목소리에 내 몫의 노동도
다시 속 멸치처럼 풀어졌다

이천구년오월이십사일오후한시의,
마개 없는 것의, 비가 오다

흐린 일요일 오후
산성 입구 솔밭집
막걸리 몇 병과 부침개를 앞에 놓고
그의 죽음에 조문을 한다

오겠지 하던 비가 왔다
솔밭집 가건물 천막 위로
후라이팬에 생선 굽는 비가 오고
비 소리를 안주 삼아 술을 마셨다
몇 순배 술이 돌고 술잔과 술잔 사이 적막이 도는 동안
아직 덜 굽힌 비가
생선 기름처럼 튀고 있었다

시뻘건 산물이 내려오는데
신이 젖을까 축대 위로 옮기며
살아 있으니 신발은 챙기지만
축대만큼 무거운 마음은 선 채로 젖었다

탁자에 놓인 빈 술잔에
비 소리 차오르고

풍경도 조문을 할 때 속세의 비 소리도
반야심경 경구로 들렸다

낙엽을 보며

누군가의 팔에 목이 감겨
숨이 막힐 때
마지막 순간이라 생각되는
산 사람은 한 번도 가 본 적 없는
순간의 너머에서 나뭇잎 한 장 떨어진다

어떻게든 팔을 풀어보려
발버둥 치다
가지를 떠난 나뭇잎은 또 어떻게든
허공을 잡아보려
몸을 비틀어보지만 허공은
나뭇잎 한 장
받아주지 못 한다

가을이 깊을수록
바람도 깊어지고
나뭇잎 목에 두른 팔뚝의 힘이 세 질수록
핏발 세운 나뭇잎
그만큼의 힘으로
하늘을 움켜쥐고 있다

용호 섶자리

이기대
바위 절벽 위
나리꽃
바람의 절창이다
용호 섶자리
쇠락한 포구의 도크장
바람은 수선할 수 없어
광안대교 달리는 차바퀴에
철거덩 철거덩 몸 부서지는
나리꽃 그 바람

골방 예찬

골방*에서 시작했지

진짜 인생 말이야

사춘기 고민을 나누고

세상에 눈 뜰 때 우리가 있었던 곳 말이야

배운 대로 살 수 없는 곳이

세상이더군

그래도 살아볼 만했지

취직하고 결혼하고 아이도 낳았지

그런데 말이야, 참 이상한 것은

맥이 자꾸 빠지는 나이에

내가 돌아간 곳이 골방이야

음악이 있더군

음악만 있는 게 아니야 그때 그 골방의

친구 같은 사람들이 있는거야

나 참!

이쯤 되면 사는 게 재미있어지지

가는 건 돌아오는 과정이었다 그 말이지

---

* 부산진구 양정동에는 클래식기타 연주자 신건우 선생의 스튜디오가 있다. 그의 스튜디오에서는 골방프로젝트라는 이름으로 음악회와 영화제가 열린다. 사람 냄새, 사는 냄새 가득한 음악회이고 영화제이다.

목련꽃 질 때면

목련이 질 때쯤 속병 든 사람처럼
꽃잎에 그런 기운 퍼질 때면
목련의 헛기침은 시작됩니다
겨울 동안, 아니
꽃 지고 잎 지던 때부터
눈비 맞으며 지켜온 속사랑
몽우리는 모두 꽃이 되지 못했습니다
삼월 햇살 고르던 날
내 허한 사랑의 가지에도
목련의 헛기침 같은 잎이 피어납니다
목련 가지마다 헛꽃 피는 것처럼

모두 젖어서 어쩌자는 건가

움직이지 않고 있는 시간은
젖고 있는 시간
사월 햇살 아래 나무가 그렇고
날개 짓 멈추고 꽃잎에 앉은 벌이 그렇고
옮겨 심은 지 두 해
올 봄 꽃을 피우지 못한
목련을 바라보는 내가 그렇다

나무, 여름에서 가을로

바람에
벗나무가 몸살을 앓습니다

여름 햇살에 젖은
벗나무는 푸르렀습니다

세상에 내어줄 몫만큼을
매달고
묵언수행 하던 여름
벗나무,

구도자 대신
연정 품은 사내
격정 같은 어둠
한 그루가 몸살을 앓고 있습니다

가만히 들어보면
신음보다 기도소리 더 가깝습니다

변신

그런 순간이 있다
가령 나뭇잎들이 어미인
가지가 먹이를 주지 않아
어느 바람 부는 날
떨어져 땅에 누웠다가 또,
어느 바람 부는 날
뼈만 앙상하게 온 몸이 뒤틀린 채
아스팔트 바닥 위를 기는데
그 기어가는 모습이 먹이 구하는 짐승처럼 보일 때가 있
다
그것도 남 해코지 한 번 해 본적 없는
벌레처럼 처연하게
아스팔트 바닥 위를 기는 그런 때가 있다

H에게

어둠이 내리면 조명탄을 쏘아 올리듯
마시던 술과 홍명상가 복개천 위
까닭 없이 흘리던 눈물과
부도난 수표 돌아오듯 하는 아침과
그늘로 숨어들어 흑흑 대며 나누던 사랑과
노을 지는 곳으로 의자를 돌려 들었던
아말리아 호드리게스의 검은 돛배와
우리들의 스무 살이 무너진 자리와
그 위에 쓰러진 스물한 살과
뭉크의 그림을 보려고 찾던
시립도서관의 시간이 흘러
더 무너져선 안 되는 나이에 얻은
된장찌개를 곧잘 끓이는 아내와
잠투정하는 두 살 딸을 보며
돌아 앉아 가슴 쓸어내리고
아직 끊지 못한 담배에 불을 당기며
자네에게 안부를 묻네, 물어도 흐르던 시간과
버려도 찾아오던 사랑에게도 안부를 묻네

수레와 비탈

가도 가도 비탈이었다

폐지 가득 실은 손수레를 끌고 노파는

뭍을 오르는 거북처럼 비탈을 오르고 있었다

미끄러지지 않으려고 버티는

그녀의 한 생도 저러했을 것이다

비탈은 좀체 길을 허락하지 않았지만

더딘 것들 속에 숨어서 삶이 왔으므로

비탈길 노파의 걸음은 동전만큼 단단해 보였다

수레 가득 실린 헛 풍요의 등껍질을 이고

거북 노파가 뭍을 오르는 동안

그녀의 머리 위에서는 햇살이

목격자답게 두 눈을 크게 뜨고 있었다

이제 저것이 놓일 고물상 앞마당

그 너절함 속에

그녀의 고단한 하루도 놓이고 나면

빈 수레 끌고 돌아가는 그녀의 뒷모습만 남으리

종이학을 접고 있는 女子가 있는 지하철

　　종이학을 접고 있는 女子 옆에는 팝콘을 먹고 있는 女子
가 있고 팝콘을 먹고 있는 女子 옆에는 코카콜라 거품처럼
웃고 있는 女子가 둘 있다 코카콜라 거품처럼 웃고 있는 女
子들 옆에는 그 女子들 바로 옆에는 정갈한 사내가 정갈한
옷을 입고 역시 정갈하게 졸고 있다 지하철은 덜컹거리는데
나는 한 번도 가보지 못한 고비사막을 생각했다 맞은편 전
동차가 한 무리 사람들을 플랫폼에 내려놓고 다른쪽 어둠 속
으로 떠났다 공습경보 같은 차임벨이 울리고 전동차 바퀴가
코카콜라 거품처럼 웃고 있는 두 女子의 웃음소리를 먹고 어
두운 속도로 사막을 건너고 있을 때 나는 피식 웃었다 대문
앞 신혼의 아내를 생각했고 거기 오아시스가 있다고 생각했
기 때문이다 아직 지하철이 덜컹거리며 어둠을 넘어뜨리고
어둠 속을 달리고 있었으므로 나는 여전히 고비사막을 생각
하고 있었다

석수장이 김씨의 달빛

석수장이 김씨가 비탈을 오르고 있었다
새 동네 전방, 노란 백열등 불빛도
얼어붙은 추운 겨울밤이었다
그의 몸보다 지친 그림자가
가파른 계단 아래서 따라오고 있었다

유리창을 대신한 비닐창이
겨울바람에 몸부림하는 장씨 집
허기진 골목 따라 바람 소리 보다 높은
장씨 마누라 악쓰는 소리가
두 달 만에 김씨를 마중하고 있었다

슬레트 지붕 위로 겨울 달은 떠 있지만
방 안엔 찬물 같은 냉기와 달빛만
김씨 자리를 대신하고 있었다
나이 사십에 얻은 외아들 잃고 부인마저 세상 뜬 후
두더지처럼 어둠을 파고 있는 김씨
소주 두 병을 비우고 잠 든
그의 몸을 덮고 있던 달빛도 집시처럼 떠났다

낙화

봄이 간다

떨어져 누운 저

아픈 것들의

봄이 간다

제2부

바람 속 풍경

이희섭 선생님과 중앙시장을 걷다

가스불에 돼지고기 삶는 냄새 나기 전
연탄불에 곱창 굽는 소리 나기 전
어둠이 아침 해에 쫓겨 난 시간 반 후
국수가 삶겨 식탁에 오를 때까지 순간순간
변하는 맛을 아는 남자와 중앙시장
질척한 길을 함께 걷는다
사는 일이 헛도는 나사처럼 제자리라고
솥뚜껑을 보며 생각한 국밥집은
촬영 끝난 어느 아침 허기를 달래던
시장 입구의 그 국밥집이다
어물전 지나 동천, 역한 냄새 올라오는 길
그 어디쯤에 있었다는 막창집 이야기를 듣는다

세상 마지막 노동자들이
일터에서 돌아가는 길에 연기를 피워 올리며
하루치 노동의 역한 냄새도 함께 피워 올리던
세상 마지막 풍경 같다던 막창집 이야기를 들으며
나는 육자배기 한 자락쯤 흠이 안 되는 술집에 앉아
서로의 상처를 핥아 주듯 술잔을 나누는
풍경을 상상해 본다

어둠이 내린 시장 뒷골목, 막창집 불빛을 찾아
부나비처럼 몰려들던 퇴근길 노동자들처럼
이 시장 골목 어딘가에 나도 등 하나를 걸어놓고
가끔 부나비처럼 날아들어
세상 역한 냄새에 천천히 젖어들고 싶다

한국인 조르바, 최일규 선생님

넓고 다부진 이마가, 당신 생각할 때면
먼저 떠오릅니다 저리 고운 이마에 불었을
심상찮은 바람은 뒤를 따라 떠오릅니다
수양버들 늘어진 잎새에 불던 바람보다
대숲 칼바람 세월이 더 많았겠죠 그래도
당신 생각할 때면 서늘함보다
따뜻함이 먼저 옴은 신산한 세월 겪어온
당신의 사람됨이 먼저 오기 때문이겠죠
대밭산 대숲으로 들어간 바람이
몇 시간이고 울고 나오는 걸 듣고 자란 내게
당신 삶에 안긴 문학이
그런 소리로 들리는 것은 소음 세상 살다
내 귀가 소리를 잃어버린 탓은 아니겠지요
저녁해 설피하고 그림자 길게 눕는 저물녘
당신 서 계신 자리
외로움도 긴 그림자 드리우지만
문학이란 안주가 있어 퇴근길 뽈찜집
귀 떨어진 상에 앉아 술잔을 기울여도 좋겠죠

갱상도 남자 대홍 형님
-내게는 없는 누나 그러나 나의 자형

사형제라 하셨죠 사형제 맏이라

어머니 일찍 돌아가시고 남자 다섯

엄마 노릇도 했다 했죠

만만한 거 하나 없는 세상, 그렇게

악착같이 버티며 살았다 했죠

아득하면 아득한 대로

음악이 있었고

외롭다면 외로운 세상

베개머리 함께 나눌 사람

곁에 있어 견딜만했겠죠

내 아이 생기고

돌아보니 저 길, 내 어찌 살았나

가슴 쓸어내린 밤이 많았겠죠

당신은 누가 보아도 경상도 남자

투박한 말 속에

부드러운 사랑 담은 사람

나의 자형, 김대홍

이춘녀씨

출근하는 남자들 앞을 가로지르면
따귀를 맞았다는 그녀는
한때 광부의 아내였다
남편 진폐가 심해지기 전
이곳 시장에 들어 그때부터
삼십 년이 흘렀다
꽈리고추 튀기며 산 세월이었다
명절 때면 공장일 나가는 여자들 대신
제사음식을 몇날 며칠 부쳤다
손 마디마디 관절이 남았고
아들 둘 딸 하나가 남았다
이제 첫 손녀도 보아서 외손녀 이야기에
달처럼 밝아지는 그녀는
서동시장 나의 첫 번째 애인이다

구두 닦는 마사장

종합병원 구 정문
사라진 정문 한쪽에서 의성사람 마사장은
십 수 년째 구두를 닦고 있다
왼쪽 다리 소아마비 앓고
오른쪽 손가락 세 개 사고로 잃었지만
한겨울 구월산 내려오는 길에
냉수마찰 하는 실한 사람이다
지난 겨울 숨이 막혀
삽관수술 받은 후로
하루도 약 떨어뜨리는 일이 없다
구두약을 먹이고 광을 내는 그의 왼손
사고 나고 걸음마처럼 익힐 때는
그의 고향 마늘만큼 매운 시간이었지만
세상 한쪽 모퉁이를 깔고 앉아
낮은 곳 떠도는 것들 위안이 된 사람
신 닦은 후 건네는 구두 신을 때면
구두 안의 온기 마음으로 번져
광나는 구두처럼 내 마음도 닦였다
나는 그 온기의 오랜 단골이다

그의 기타이야기
-신건우 선생에게

그에게 기타는 삶이다
모든 것은 아니었지만
그는 기타와 함께 성장했고 사랑을 나누었다
가장 오랜 친구보다
그의 곁을 오래 지킨 것은 그의 기타였다
그는 여섯 줄 현 위의
순례자요 자유인이라
나는 그의 기타에서 한번도 가 본 적 없는
고비사막 바람소리를 듣는다

그에게 기타는 삶이 아니다
양식이 아니고 이름 내는 일이 아니었다
숨이고 숨비소리인 그의 기타는
사는 일 그 자신이었다
가슴으로 품은 기타와
손으로 연주하는 기타
그는 늘 두 대의 기타로 연주했으므로
나는 그의 기타에서 한번도 들은 적 없는
바람의 숨소리를 듣는다

내 친구 정근

나보다 매운탕 생선을 잘 발라먹는 친구
나는 아버지 어머니 장례식 때
아버지 어머니 소리치며 목 놓아 울었어도
어머니 장례식 때 울음조차
목으로 삼키던 슬픔 많은 내 친구
면도 안한 모습 본 적은 없지만
구레나룻 턱수염 얼굴 가득 덮고 있는
그만큼 정 많은 사람
안경 너머 경계를 서는 듯한 눈빛
이제야 알 것 같은 세월 이십 년
목젖 뜨거운 삶 삼키지만 말고
뱉기도 뱉으며 살아보자
어깨 툭 치고 가는
바람결에나 실어보낸다

모전우체국 조지 클루니, 장우진씨

그는 집배원이다 태식이 형 아버지
박체보 아저씨처럼 빨간 자전거를 타지는 않지만
십육 년 경력의 중고참이다
아침부터 비가 많이 오던 날
동생 같은 동료들을 모아놓고
운전 조심하라고 특별히 당부하던 날
배달하던 오토바이가 미끄러져
발목 골절상을 입은 그는
동생들 보기 미안하다며 얼굴을 붉혔다
치료실로 내려오면 고맙다는 말을
입에 달고 있는 그가 수술을 받던 날
수술대에 누워
영화배우 조지 클루니의 미소를 가지고 싶고
평생 갑질 안 하는 것이 소망이라 말했다
그나 나나 다 같이 을의 삶이거늘
언제 갑질을 했나 싶지만
입원 환자 현황표에 적힌 그의 이름을 보면
자주 내 바짓가랑이에 묻은 흙을 보게 된다
평생 나를 고치며 살게 될
그 말 한 마디를 들었던 수술실이었다

통영 사람 성인경

이제 막 그녀를 알기 시작한
우리를 가장 놀라게 한 사실은 그녀가
초등학교 선생이라는 것이었다
연구수업 때면 교장과 학부모들을
교실 뒤편에 세워두고
사시나무 떨 듯 떨기만 하다 수업을 끝내는
그녀는 부끄러움 많은 초등학교 교사다

내 아버지가 태어나고 자란 바다에서
태어나고 자랐고
지렁이 반찬으로 밥상을 차리며
놀던 골목은 내 사촌형님이
아직 살고 있는 그 골목이다
파도에 떠밀려 온 몽고간장 통으로
소꿉을 살던
아버지 어장이 있던 섬에서 그녀는
바닷바람을 닮아갔다

학교 회식하는 날이면
태양과 지구 사이의 거리를 생각하고

시속 100㎞로 달리는 자동차가
화성까지 가려면 몇 년이 걸리는지 생각하며
섬처럼 홀로 앉은
삶의 오른편이 늘 외로움인 그녀는
내 아버지와 한 고향사람인 그녀는
옛정 같은 사람이다

손성교 여사님

내 장모 손성교 여사는
당신 뱃속으로 아들 둘, 딸 하나를 낳았고
나이 오십 즈음에 정으로
아들 하나를 더 낳았는데
그게 나다

아내와 연애하던 때 여름겨울 두 벌 옷에 뱃가죽이 등가
죽에 붙어 구부정하게 다니던 내가 안쓰러웠던지 밥은 든든
히 먹고 다니라며 어느 날 챙겨주시던 그 점심값이 내 배를
불렸다면, 잔정 없던 어머니였는데 양말에서 손수건까지 챙
겨주시던 그 낯선 정은 나의 다른 배를 채워주었다

결혼 이십 년 내가 피둥피둥 살이 쪄갈 때
홀로 늙어간 장모님

전방의 군인이 위문편지를 받듯 받기만 한 사랑 우편행
랑 가득하지만 나이 사십 가까이에 야간대학 갈 때 늦어도
배울 건 배워야지 용기를 주시고 삶의 빙판길에 미끄러져 엉
덩방아 찧던 날 일터까지 찾아와 세상 험담하며 두 손을 맞
잡아 주던 내게 과한 분

얼굴엔 주름살 깊고 했던 말 또 한다고
아내는 타박하지만
어머니 일찍 돌아가시고
그 품에서 나도 나이 들어갔다

장모님 살아계실 때
이 말 한마디는 해야겠는데
말로는 못하고 글로 적어 둔다
장모님, 당신은 저의 다른 엄마입니다

동장님, 동장님, 우리 동장님

밀양 수산, 강을 건너
부산으로 내려올 때는 거지꼴이었다고 한다
문현동 기찻길 옆에서 낮에는 참기름을 짜고
밤에는 야간 중, 고등학교를 다녔다
구십 노모가 손을 잡고
"싱(승)태야 내가 니 때문에 산다."는
효자였고 이십 년 별정직 동장 때는
동네 초상이 나면 제일 먼저 가서
가장 늦게 돌아오고
혼사 때는 주례를 도맡아 했다
쌀 떨어진 집에 쌀 갖다 주고
병원비 없는 집엔 병원비를 갖다 주었지만
가스렌지 켤 때 누르고 돌리는 걸 몰라
국을 데워 먹지 못하는
집안일엔 까막눈이라고 내 장모
손성교 여사는 핀잔을 준다
효성만큼 자식사랑도 지극하여
자식 세 명 남부러울 것 없이 키워냈다
그리고, 내가 이래 봐도 그 분 사위다

노점상 박씨 1

공장 일 마치고 집으로 가던 부부는
짐칸 가득 사과를 실은 노점상 박씨에게
한 소쿠리 삼천 원 사과를 샀다
농협직원들이 한잔씩들 하러 가는
저녁 일곱 시 가까운 시간이었다
노점상 박씨 노점상회는 문이 없어
오가는 사람 모두 손님이라
없는 문을 열고 들어와
없는 문을 밀고 나가는 사람들
모두 바쁜 저녁 일곱 시의 서동
음주 삼진아웃으로 이년 만에
노점상 다시 시작한 박씨
사과 두 봉지 사고 나도
그의 손님 된 것이 며칠 전이었다

노점상 박씨 2

금방金房 문이 열리는
열 시, 아홉 시 지나
트럭에서 짐을 푸는 박씨가 그제야
커피를 마시는 시간이다
그때쯤이면 트럭에서 내려진
통에 담긴 사과들도
그의 곁에서
거리의 햇빛을 마시고 있다
환한 불빛 가득한 금방 앞
박씨 노점상회
보이지 않는 진열장 안 사과들은
잘 보이지 않지만
햇빛의 금방석을 깔고 있다

노점상 박씨 3

부산은행 삼거리 구청 노란차가 뜨면
박씨 트럭 어디론가 사라지고
그의 사과들은 인도로 쫓겨나고
모자 눌러 쓰고
다리 벌리고 서서 담배를 피우는
박씨 뒷모습만 남는다
사과 놓인 자리가 하수 뚜껑 위라
냄새가 올라올지 모른다
나는 걱정을 하지만 길 가는 사람들
사과 사는 속도는 줄지 않는다
비가 오다 말다 한 날
날씨가 그의 장사 말리지 못하듯
구청단속반도 그를 말릴 수 없지만
서동시장 농협 앞 일방통행길
노점상 트럭 떠난 자리에 남은 적막
오후 네 시의 적막이 짙다

노점상 박씨 4

날이 풀리자
박씨 출근 복장이 위아래 한 벌
회색 추리닝으로 바뀌었다
사과에서 토마토로 장사물목도 바뀌고
약국 건물 계단에 기대서서
호주머니에 손을 찌른
그의 근무자세도 바뀌었다
트럭 적재함 뒷문을 고리에 걸어놓고
그 위에 올라앉아
세상을 두루 살피는 박씨
그러던 어느 날
공중부양 중인 박씨를 발견하고
소스라치게 놀란 적이 있다
햇빛에 반사된 트럭 적재함을
뒤늦게 보았지만
차소리 사람소리 벌레처럼 들끓는
저잣거리에서 그는 높아만 보였다
볕이 따갑다 했더니 오늘은
파라솔까지 세워놓고 구도자 박씨는
아침부터 공중부양 중이다

노점상 박씨 5

구두방 마사장 문 닫던 날
박씨 트럭도 종일 보이지 않았다
비 오는 날 노점상 몇이 모인 화투판에서
한 갑 반 담배를 세 갑쯤 피운다는 그의 말에
트럭이 있어야 할 빈 자리를 보며
뒷산에 놓던 토끼 올무가 떠올라
큰 물 지는 것 보다
화투판 박씨를 걱정하는 하루였다
호기롭던 비도 끝물 장마에
숨을 돌려 다음날은 비도 한풀 꺾였었다
국방무늬 사제 반바지에
武자 크게 새겨진 반팔티를 입은 박씨
불붙인 담배를 물고
새까맣게 때 오른 목장갑을 뒤집어 끼고
장사 준비를 하는 노점상 박씨
지붕 없는 장사 집, 노점상들에게
장마철은 늪과 같아서
그나 나나 이 장마의 끝을 기다리고 있다

노점상 박씨 6

팔월 한달 한낮이면
여름 햇살이 박씨 자리를 대신했다
더위 먹은 박씨 그늘 아래 물러나고
통에 담긴 그의 과일들도 저만치 물러났다
더위 먹은 것은 박씨뿐 아니라서
여름내 그가 어떤 과일을 팔았는지
깜쪽같이 기억에 없다
그래도 어느 날 장의사 박노인과
더위 아래 긴 애기 나누는 걸 보며
일가一家인가, 했던 기억만은 유난하다
구월 들어 태풍 지나고 한이틀 찬바람 나니까
여름내 지워졌던 박씨가 다시 보인다
추석이 보름 앞이라 가을만큼 차려진
그의 노점과일가게도 보인다
여름 햇살 거두어진 자리 박씨가 돌아왔다

노점상 박씨 7

그날 햇빛은
노릇노릇 잘 굽힌 호박전 같았다
도로가에 대 놓은 박씨 트럭
가장자리까지 꽉 채우는 가을 햇살 아래
반가부좌 박씨는
트럭 짐칸에 올라앉아
오른쪽 어깨를 배 상자에 걸치고
박스 한쪽을 찢은 종이에
뭔가 빼곡히 적어놓고
매직으로 탁탁 치기도 하고
어떤 건 줄을 긋고 다시 쓰기도 했다
아홉 가지 넘는 과일, 단가계산 하는 것이
분명하다는 생각이 드는 순간
그 순간, 박씨 몸이
반가사유상과 겹쳐 보였다
절집 탱화 같은 과일들 등 뒤에 두고
호박전 냄새 가득한 햇살 아래
길바닥 사원 박보살 번뇌는
가을만큼 깊어갔다

노점상 박씨 8

사과 상자에

칼국수 그릇을 올려놓고

박씨는 점심을 먹고 있었다

붐비는 차들과 사람 사이

그는 점심이 한창이었다

밥이 밥의 내용에 충실한

한 끼 뜨거운 식사가

4층 높이 길 건너라는

그와 나의 물리적 거리를 지웠다

젓가락을 놓자 흰 수건에

입을 닦고 입 닦은 수건으로

사과 몇 알을 닦는 박씨

약국 정수기 물로 물양치 끝내고

박씨가 담배를 피워 물 때

내 밥과 밥의 내용도

뜨겁게 달아올랐다 그때쯤

칼국수집 희철이 오토바이가

저만치 보였다

제3부
와우산 텃바람

바다의 연혁

　　소화 십　○년, 1943년으로 추정되는 그 해는 1936년생 아버지가 여덟 살이던 해였다. 섬과 섬을 다니며 도붓장사를 했던 할머니가 곤리섬 여자들과 삯배 타고 마산 큰 장 보러 가던 날 창원 구산 앞바다에서 배가 가라앉던 해가 아마 그 해였을 것이다. 전쟁 전에 할아버지 돌아가시고 고아가 된 아버지는 배 다른 형님집을 나와서 바다로 갔다. 가서 고기를 잡는 어부가 되었는데 내가 기억하는 최초의 아버지도 바다 위에 계셨다. 포구 길목의 등대처럼 무언가를 기다리는 사람이었다. 풍경 밖의 바다가 아버지에게 삶으로 대답했다면 할머니 제적등본 속 해석되지 않는 하나의 글자처럼 나에게 바다는 알 수 없는 것이었다. 음력 이월 스무날, 바닷물 차갑고 차갑던 그날 할머니의 바다처럼 차갑기만 하던 바다였다.

바람의 연혁

나는 외가가 있는 영덕군 축산면 축산항에서 자랐다. 통영에서 천리, 먼 길을 와서 아버지가 어떻게 외할아버지의 배를 타는 뱃사람이 되었는지, 또 어떻게 중매인 1번 선주 중의 선주였던 그 집 딸과 결혼을 했는지, 그 많던 외가 살림이 어머니의 배 다른 오빠들 손에서 어떻게 처분되었는지 모르듯이, 나는 그곳에서 마치 소문처럼 자랐다. 어머니의 육촌 언니와 더 먼 촌수의 언니들을 알아갈수록 소문은 커지고 흉흉해졌다. 바다가 있었지만 떠돌고 있는 바다였다. 이 항구도시의 변두리 월세를 살던 외삼촌이 선산을 팔던 해, 우리가 달세 없는 전세로 이사를 가던 해, 다섯 살 때 마지막 본 인기척만 있던 외할아버지가 보이는 것 같았다. 그때 내가 생각하길 아버지가 천리 너머 외할아버지의 배를 타는 뱃사람이 된 것은 그런 일 모두는 바람이 시킨 일이었다고, 내가 그렇게 자랐던 것도 모두 바람이 시킨 일이었다고.

바다가 등대인 사람들

바다, 그 젖은 땅에서
삽 대신 그물을 잡고 아버지는
바람과 맞서며 때로
바람에 젖으며 살았습니다
목숨도 가져가는 척박한 땅에서
아버지 한 생이 출렁거렸습니다
젖은 땅 젖은 채 사는 것이
어부들 삶이라 아버지를 보며
바다의 늑골이 있다면 만약
그런 게 있다면
어부들이다 생각했습니다
들판의 눈으로 들판의 언어로
바다를 볼 때 보이는 아버지
내 아버지는 어부였습니다

1989, 그리고 축산항

형들한테 물려받은 막내 돕바
팔꿈치에 대 놓은 헝겊 조각 다시 해지듯
물기 마른 판장 여기저기
햇살이 바느질을 하고 있었고
죄인을 묶는 포승줄처럼 바람은
갑판 위를 나비떼처럼 날아다니며
고깃배를 결박하고 있었다
개새끼, 십 새끼 핏대 세우던 뱃사람들
썰물처럼 떠난 판장골목은 내항 바닥
죽은 생선처럼 가라앉아 있었고
갯바위 갈매기들에게
닿지 않는 돌팔매를 하는 어린 것들 얼굴엔
마른 버짐이 피어있었다
해당화는 피었지만 싱겁게 붉었던
1989년 축산항,
아버지는 아침저녁 가래침을 뽑아 올렸지만
긴 흉어기 젖지 않은 것뿐이었고
살림은 마를 대로 말라
가랑잎처럼 바스락댈 때 고향을 떠났다
도크장 폐선 같은 아버지 뒷모습 보며

장남인 나는
이불 보따리를 묶고 장독을 날랐다

절벽 위에 살던 때의 기억

어둠은 불빛을 남기지만
안개는 불빛조차 삼켰다

어머니 기억하세요 고향 떠나 처음 살았던 동네를 부민동
富民洞 남쪽이라고 남부민동南富民洞으로 불렸던 동네는 번지
앞에 산이 없었지만 산동네 집들이 시루떡처럼 포개진 동네
였지요 매립지에 들어선 공동어시장과 냉동공장들이 끝나는
곳 지금은 아파트가 있지만 그때는 해양고등학교가 있었죠
어머니 해양고등학교 뒤편 가파른 절벽을 기억하세요 그 어
지름증과 우리 가족이 빈혈을 앓았던 그때를 기억하세요

절벽 위 낮게 엎드린 집들이 천마산 턱밑까지 숨차 오르
던 동네와 동네 가장자리를 둘러싼 난간과 난간 너머로 꽃
잎처럼 떨어지던 사람들, 바람처럼 불어오던 소문들, 어머
니 난간이 시작되는 곳에서 보이던 용두타워와 타워 안쪽 가
시처럼 돋아있던 항구의 불빛을 기억하세요

우리는 절벽 가까운 방 두 칸 집에 외할머니까지 여섯 식
구가 월세를 살았죠 그곳에서부터 어머니 잔기침 같은 삶은
깊은 한숨과 묵은 기침이 되어 갔죠 아버지는 자주 쓰러지

셨고 부두노동자에서도 밀려났을 때 연탄보일러가 고장 난 아랫목에서 끝내 일어나지 못했죠 어머니 작업복에 워커를 신고 집을 나서던 둘째 발자국소리가 우리들 잠자리를 어지럽히던 매일의 새벽을 기억하세요

절벽 위의 우리 가족이 절벽을 닮아갈수록 저는 더 자주 절벽으로 갔어요 봉래산을 넘은 바다안개가 항구의 불빛을 하나 둘 삼키면 안개 속으로 검은 말들을 쏟아냈죠 어머니 그때 저는 보았어요 봉래산 바다안개가 항구의 불빛을 모두 삼키고 온 몸으로 밀어붙여도 우뚝해 있던 용두산공원 용두타워를 그래요 어머니 이제 알아요 희망이 그런 거라는 걸 언제나 숨 막히는 저 뒤편 어디인 것을 봉래산 바다안개와 살을 섞고 나서야 비로소 보이는 거라는 걸

내 어머니 여기 제 손을 드릴께요
이제 그만 절벽 위의 기억에서 내려가시죠

불화(不和)

아버지,

무서워요

이제

틀린 답은

그만 부르세요

아버지의 죽음

아버지 육십 평생 바다에 살다
바다가 되던 날 어머니의 눈물을 말리며
내가 울던 날 거짓말 같이 하얀 시트 위에
거짓말 같은 아버지가 누워 있었습니다
흐린 날의 기억과 보름쯤
먼 바다에서 돌아오시는 날
내 코를 찌르던 아버지의 몸 냄새 그
바다의 살 냄새를 남기고
아버지는 바다가 되었습니다
살다보면 좋은 날도 있겠지
연신 담배를 빨며 먼 산을 보시던 아버지
경상도 사투리보다 투박하게
살다 가시던 날이었습니다

보신탕 한 그릇

삼복더위 어느 점심때 보신탕집에 혼자 앉아 그릇 안에
떠 있는 고기기름을 보며 아버지를 생각한다

88올림픽을 앞두고 정부에서 개고기 판매를 금지 하던
때 아버지는 멸치잡이 대신 강아지 열 마리를 샀다 동네에
개가 돈이 된다는 소문이 돈 후 였다

꼬리 살랑대며 따라붙던 녀석들에게 내가 발길질을 하는
동안 아버지는 마당 구석에 개집을 만들고 개밥을 구해오고
똥을 치웠다

강아지가 죽기 시작한 것은 초봄이 지나지 않은 얼마 뒤
였다 말수 적은 아버지의 입은 굳게 닫혔고 술 한 모금 입에
대지 않고 장마를 맞았다

항문이 빠지는 고통 속에서 살려고 버둥대던 열 마리 중
의 열 번째, 이름까지 얻었던 복실이가 죽던 삼복더위 무렵
아버지 헛기침은 모기소리 보다 작아졌다

복실이가 죽고 개집이 부서지고 빨랫줄에 걸린 채반의

고기육포가 아버지 술안주가 되었던 여름이 입안에서 뱅글
뱅글 맴도는 다른 여름에 앉아 고기살점처럼 가라앉는 것은,
평생 개고기는 입에 대지 않는다는 맹세를 어겨서가 아니라
그리움은 원망의 우물에서도 솟아나기에 생각 속에 빨랫줄
의 채반을 몇 번이고 팽개치던 열여섯 나보다 측은했던 아
버지 얼굴이 떠올라서이다

나는 멸치잡이 어부의 아들이다

음력설이면 아버지는 선금으로 받아온 돈다발을 물그릇과 함께 소반에 올려놓고 절을 했다 절이 끝나면 입고 온 양복 그대로 선창가 대폿집으로 나가 술부터 마셨다

《소반 위의 돈다발로 바뀐 바다를 읽기에 나는 너무 어렸다.》

돈다발의 얼마간 선창가 대폿집으로 건너가고, 술이 덜 깬 채 제사를 모신 아버지는 다시 객지로 나갔다 밀물처럼 왔다가 썰물처럼 가버리는 아버지를 원망했지만 아버지가 떠나고서야 우리의 일상을 돌려받았다

《물 안 보다 물 밖의 삶이 더 위태로웠던 아버지를 이해하지 못했다.》

아버지가 객지로 나가 노동을 팔던 바다에서처럼 내가 출근을 하고 돈을 버는 일터에서 비틀댈 때면 멸치잡이 떠나던 아버지의 뒷모습을 가끔 만난다

《내가 만선의 삶을 꿈꾸지 않듯 아버지도 그러했을 것이다.》

아버지의 가방

　　물방울무늬가 있었던가 멸치잡이 때마다 들고 가시던 아
버지의 가방 칠레 어느 항구에 정박하던 날 부둣가 상점에
서 샀다는 아버지의 가방 생긴 모양마저 어렴풋한 것은 고
향 떠나며 원양 선원도 멸치잡이 어부도 삶 밖이었던 아버
지를 대신해 장롱 깊숙이 갇혔기 때문일 것이다 그래도 내
가 아버지의 가방을 희미하게 기억하는 것은 가끔 장롱 속
에서 파도 소리와 갈매기 소리를 들었기 때문이고 그날이 늙
은 어부의 가슴이 흔들리는 날이었다 믿기 때문이다 아버지
도 아버지의 가방도 가고 없는 지금도 내가 가끔 그 바다 소
리를 듣는 까닭이다

나와 아버지와 바다

나와

아버지 사이, 바다

바다는 아버지의 인기척

두근거리는 발소리

어머니의 유산

내 귀에는 바람이 불어도 울지 않는 풍경이 매달려 있다.
판장에서 돌아오신 어머니가 저녁 준비를 하던 부엌
생선국을 끓이던 곤로 위 양은 냄비가 탈탈 대고
달그락 달그락, 그릇 부딪치는 소리를
열다섯 아들이 이불 속에서 들을 때 생겨난 풍경이다.
얼마 후 풍경의 물고기를 가지고
어머니가 도시로 떠났으므로 풍경은 소리를 잃었다.
신열로 방바닥이 내려앉던 그날 전까지는,
열다섯 그때처럼 그날은 토요일 오후였고
첫 아이 돌 지나고 어머니 돌아가신 후였다.
검게 그을린 낮은 부엌 천장 아래
어둡게 서 계시던 어머니 대신
앞치마를 두른 아내는 저녁 준비를 하고 있었다.
달그락 달그락, 바람이 불고 풍경이 울었다.
긴 여행 뒤에 돌아온 물고기는 하염없이 바람에 젖었다.
어머니 낡은 찬장 속 그릇 달그락대는 소리를
시장기로 듣던 소년은 고열로 방바닥을 붙들며
허기진 배를 채웠다. 굶주림 뒤의 폭식으로 배앓이 하면서도
내 귀는 숟가락을 놓지 않았다.

무말랭이

무말랭이 속에는 어머니가 있다
겨울바람 속을 살았던 어머니가
물기 쏙 빠질 때까지
한데서 나야하는 무말랭이와
어머니가 닮았다
언젠가 생각 없이 무말랭이를 씹다
코끝이 찡한 적이 있었다
이 사이에 아드득 씹히는 무말랭이에서
겨울바람 맛이 났던 때문이고
겨울처럼 살았던 어머니 생각이 났던 때문이다
이제, 무말랭이를 앞에 놓고
한쪽 볼이 미어지게 밥을 먹는 일은
어머니에게 미안한 일이 되고 말았다

외할머니

영천 신령 천석꾼의 딸이었던, 왜정 때 중학교도 다닌 외
할머니

만주 벌판 떠돈 사연 나는 모르지만 기와집 열 채 값 몸
에 지니고 만주벌판 떠돌았던 외할머니

큰 딸 도시로 일 보내고 손자 세 명 키워 낸 외할머니

열 안 나는 손자놈 아파 학교 못 간다 담임에게 전화도
한 외할머니

팔십 구십 살 것 같더니 막내딸 앞세우고 큰딸마저 앞세
우니 곡기 끊고 두 달 만에 세상 버린 나의 외할머니

어떤 장날

고무다라이를 이고
장날 버스에 오르는 여자들과 비린내가
버스 안에 가득했다
시간에 한 대씩 읍으로 가는 버스를 타고
도시로 일 나간 어머니 대신
외할머니는 영해 오일장을 보러 가셨다
할머니보다 엿가락을 기다리는 긴 하루
나는 이유 없이 동생들을 때렸다
해진 소매로 눈물을 닦으며 언제나
둘째보다 막내가 더 울었다
소유간장에 식은 밥을 비벼먹고 내가
구부러진 핀처럼 방에 박혀 있을 때
땅따먹기 놀이도 싫증난 막내는
해종일 허기처럼 들판을 쏘다녔다
노을보다 먼저 버스가 도착하고
머리에 인 보따리를 내려놓으면 거기
외할머니 된숨도 따라 내리고
보자기 속 오일장 날
다른 어둠이 마루로 쏟아졌지만 나는
아직 방문을 열지 않았다

와우산 억새같이

샛바람도 샛바람도 와우산 샛바람 같을라고, 먹구름이 몰려온다 싶으면 우선 비부터 쏟고, 대밭산이든 목너미든 높기도 높은 바위들 집채만 한 파도가 와서 철퍼덕 철퍼덕 안기는데, 그때쯤 일 나간 배들 항구로 피해 와서 고기상자를 내리네 뭐네 하며 숨 끊긴 노인네 살아나듯 판장은 생기가 돌지, 또 그때쯤이면 선창가 대폿집 영천댁 얼굴에도 생기가 돌지, 판장엔 노가리 상자 많기도 많았고 영천집엔 노가리 상자만큼 사내들도 많았지, 그 집 분이가 말이지, 명태덕장에 천막극장이 오던 날 어둠 속에서도 환하던 분이가 말이지, 와우산 억새 맨치로 가는 허리에 우째 그래 노래는 걸진지 사내들 애간장깨나 녹였지, 그래 내 소싯적 무슨 일인지 몰라도 영천집 앞을 지나는데 영천집 유리창서 고름 같이 노란 불빛이 새나오고 명태덕장에서 봤던 십오촉 백열등 같이 흐린 분이 몸에서 노랫소리가 흐르는데, 그래, 판장 어둠도 흔들리고 있더마, 그래 그랬지, 그런데 그 시절 분이의 시절이 가고, 노가리도 젓가락 장단도 흥하던 시절은 갔지, 마른 판장 위로 옛 기억 잃은 바람만 쓸쓸하고 홍등가 불빛 대신 낚시점 네온사인이 자리잡았더마, 그래도 와우산 넘어 샛바람은 불고, 샛바람에 시달리며 오늘도 억새는 자라는 것 같더마.

샛바람을 닮은 동네

영덕 축산항은 나의 외가다
선주집 딸 어머니
객지 뱃사람과 정을 쌓고
젖먹이 아들 얻어 다시 돌아온
어머니의 친정이 있는 동네다
제사 때면 내 차례가 돌아오지 않는
아버지 대신 어머니 아들로 불리며
서럽거나 말거나 샛바람 불던 곳이다

도곡에서 외길 십 리 끝 축산항은
내가 자란 곳이다
동네로 들고나는 길 따라
중학교와 고등학교를 다녔다
동무들과 바다 건너온 바람과
함께 다닌 통학길이었다
80년대 흉어기 지나며
고향사람과 외가 사람들
뿔뿔이 흩어져 갔던 축산항
해당화 붉던 동네는
내가 자란 고향마을이다

도곡에서 다시 십리길

송라면 지나 영덕군, 군 경계에서
7번 국도는 바다를 열지만
남정면 구계리, 그쯤에서야
곁눈질 하던 바다를 마음 놓고 바라본다
그리워도 그리웠다 말하지 못 하는
연인 같은 동해, 바다의 품에 안겨
흐느끼듯 가는 길
강구 지나면 새길 따라 도곡, 도곡에서
바다로 흘러드는 강길 십리 끝에
축산항, 어머니 대신 바다가 기다리는 곳
중학교 단짝 신완이 살던 갈밭목
윗 염장 지나 아래 염장
산모퉁이 돌아 벼 이삭 팬 자리에도
죽은 생선 몸 삭이는 냄새
코끝으로 먼저 오는 고향
휴가 온 남순이와 코스모스 길을 걷던 기억
동네 어귀까지 마중 나와 있는 길
도곡에서 다시 십리길

탐조등이 있는 동네

사내들 취기 어린 목소리가
밤바다와 공명하는 어판장은
비린 것 위에 내려앉은 어둠을
포근히 감싸고
페인트 벗겨진 낡은 목선들이
서로 몸을 묶고 물살이 없는 데도
조금씩 삐걱대고 있었다
선창가 다방 레지들 모습도 사라지고
색주가 붉은 등 몇 개만
어둠의 숨통을 틔우고 있는
밤 어판장,
나는 헐겁게 앉아있었다
그때,
탐조등이 검은 바다를 핥았다
신 혀를 빼물고 욕방을 채우는 짐승처럼
소름이 돋았다
헐거웠던 마음에 단추를 채우며
바퀴벌레* 같았던 도시의 밤
경계의 십여 년을 생각했다
화려하지만 차가운 네온사인

주눅 든 밤, 불길한 시간을 건너며
내 안에 켜둔 탐조등을 그때 보았다
이제 꺼야겠지,
밤 어판장을 빠져나가는
바람소리처럼 낮게 중얼거린다

* 2016년 한겨레신문 토요판에 매주 시가 실렸다. 남아프리카 짐바브웨의 데니스 브루터스의 "님의 노래:도시"라는 시에서 "경찰차는 굴다리를 지나 시내를 바퀴벌레처럼 쏘다니고" 라는 시행을 만났다. "바퀴벌레"라는 단어는 이 시에서 내가 찾고 있던 단어였으므로 나는 이를 표절하기로 마음 먹었고 표절했다는 표시를 여기에 달아둔다.

선창가 다방에선 바다가 보이지 않는다

판장을 마주한 선창가 다방
철선처럼 무겁게 가라앉은 시간
물일 끝낸 뱃사람 몇이
김이 오르지 않는 커피 잔을 앞에 놓고
아침바다 이야기를 하고 있다
장화와 갑바를 벗어도
어부들 몸 어딘가에 묻어 온 바다 찌꺼기로
질척대는 다방 구석에 섬처럼 앉아
난로 위 보리차 끓는 소리를
배의 고물 따르는 갈매기 소리로 듣고 있다
궁벽한 시골 항구, 바다는
모든 것의 출구지만
선창가 항구다방에선 바다가 보이지 않았다
교련선생 박모의
선글라스보다 짙게 씬딩한 유리문을 열고
어부들은 파도처럼 다녀가지만
다방 문턱을 넘지 못한 바다는
문 밖에서 서성대고 있다
낮 세시, 전깃불이 깜박거린다
서성이는 것들 항구다방에 모여 있고

바다는 오후 네 시로 밀려간다

와우산 텃바람 되어

윗 염장 작은 재 너머
하루해가 지면
와우산 넘어 온 바닷바람
당산나무 귓밥 어루만지며
노을 지고 돌아오는 사람들
까치발로 기다리는 곳
저무는 들길 끝
아침에 나갔던 길
저녁 되어 돌아가듯
돌아가련다

저녁을 먹고
이부자리 펴는
늙은 아내의 뒷모습 같은 바다
낮게 코를 골 듯
목너미 자갈밭 물살 일구는
잠결 같은 꿈결 같은
바람 되어
해 오르는 아침까지
그림자처럼 누워

오래 그 곁을 지키리라

길 위의 삶

1

시청에 전화를 했다 교통국 직원의 확인과 설명을 들을
수록 마음 한쪽이 무너져 내렸다 중앙로라 알고 있던 집 앞
도로가 《7번 국도》라는 것을 안 것은 며칠 전 네비게이션을
검색할 때였다 설마하면서도 전화를 걸 때까지 마음은 무거
웠다

2

동해안 포구 사람들에게 《7번 국도》는 국경선이다 떠나
는 자의 마음에 새겨지는 이정표다 스무 살 나는 되도록 《7
번 국도》에서 멀리 떠나고 싶었다 현실의 경계를 허물어 마
음의 경계로 삼고자 했다

3

멀리 떠났다고 생각했다 《7번 국도》는 과거의 경계라고
생각했다 그러나 나는 그 길 위에서 출퇴근을 하고 있었고
아이들 역시 그 길 위에서 자라고 있었다

4

시청에 전화를 걸던 날 《7번 국도》 보이는 길이 완성되었

다 마음의 경계 모두 무너져 내리니 모퉁이 길게 돌아 길 너
머 길 위의 삶을 살고 있는 내가 보였다 굽이 없으면 길이 아
닌 내 안의 《7번 국도》도 완성되었다

흩어진 모래알 1

스무 살이 되던 해 우리는 무엇이 되기 위해
고향을 떠나 뿔뿔이 흩어졌다

우리를 키운 것은 골목이었다 바닷마을 골목은 바다의
내장이라 쉴 없이 불어오는 바닷바람을 맞으며 우리는 자랐
다 군호 아버지 돌아가셨다, 대만 전화를 받던 날 앨범을 뒤
져 사진 한 장을 찾았다 군호집 화단 앞 교련복 바지에 두 손
을 찌르고 짝다리를 짚은 나 해양고등학교 줄 선 흰색 제복
을 입은 대만 넉살좋게 웃고 있는 종삼이 보초 서는 군인 같
은 준현이 그리고 군호, 죽음이 고리되어 십 수 년 끊겼던 만
남이 이어졌다 장례식장 바깥마당 우리는 모두 무엇이 되어
있었다 조립식주택 일을 형과 함께 하거나 경기도 어디 학
원차의 운전기사가 되었거나 변두리 공장 공장장이 되었거
나 혹은 연락조차 없어도 모두 무엇이 되어 있었다 문상을
하고 나온 우리는 식탁에 둘러앉아 소주잔을 하나씩 앞에 놓
고 아이들 학년을 물어보며 살아온 이야기를 했다 소리 높
여 떠들다가도 한순간 태풍이 지나간 바다처럼 적막하고 고
요한 것은 그곳이 상가라서가 아니라 우리가 건너온 바다 저
쪽을 슬쩍슬쩍 쳐다보았기 때문이었다 바다에서 시작된 골
목과 다른 골목으로 이어진 연대기를 쓰던 짧은 시간 나만

그랬던 것이 아니라 친구들도 어린 시절 골목에서 조금씩 벗
어나지 못한 눈치였다

　　서로의 가슴 속 바다를 보여주고
　　다시 만나자는 말없이 왔던 길로 뿔뿔이 흩어졌다

흩어진 모래알 2

중학교 마치고 구로공단과 사상공단 돈 벌러 간 친구들이 돌아오는 여름휴가나 명절 덕장에서 서리해 온 안주로 술판을 벌였다 공단 사거리 패싸움이나 사창가 이야기에 귀 기울이며 우리는 시위 떠날 채비 끝낸 화살처럼 팽팽해갔다 도시 변두리 시궁창 냄새 올라오는 자취방의 현실을 말아 소주잔을 기울이고 휴일이면 기름때 절은 작업복 벗고 경리와 눈 맞은 몇은 공단 입구 여관방에 콘돔을 버리며 각자의 과녁에서 조금씩 멀어져갔다 가난의 추격을 따돌리지 못한 이십대 도시도 막다른 골목이었다 복개천 폐수처럼 꿈이 흘러가고 월급 때 찾아가던 늙은 창녀도 낮에도 전등을 밝혀야 했던 지린 골방의 기억도 복개된 채 흘렀다

흩어진 모래알 3

　　10만원이었다 고등학교 졸업하던 87년 전재산이나 다름
없는 돈을 어머니는 집 떠나는 아들 손에 쥐어주셨다 가방
두 개와 함께 나의 객지생활은 시작되었다 친구들이 도시로
먼저 나간 형과 누나의 뒤를 밟아갈 때 나는 교회 형인 공업
전문대학에 다니던 재형이형 하숙에 짐을 풀었다 그리고 내
가 얻은 생애 첫 직업은 봉제공장 재단사의 시다 자리였다
사흘치 임금도 못 받고 공장 문을 나서던 날 낮술 끝에 잠 든
육교 밑 버려진 소파 뜨거운 햇살이 흔들어 깨울 때 자동차
소음 사이로 들리던 갈매기소리, 그 환청처럼 시간은 흘렀다
그리고 이제 부랴부랴 3편을 쓰는 이유는 10만원과 함께 시
작된 나의 객지생활이 힘들었다 말하려는 것이 아니라 스무
살 아들 손에 10만원을 쥐어주며 집 떠나는 아들 뒷모습을
하염없이 보았을 어머니의 고통이 이제야 보였기 때문이다

흩어진 모래알 그 후

딸이 한강을 건너 서울로 가던 때는
내가 고등학교를 졸업하고
십만 원과 가방 두 개를 들고 고향을 떠나던
바로 그 나이였다

차창 밖으로 63빌딩이 보이는데, 삼십이 년 전 대한생명
보험사원 입사기념 앨범에서 보았던 63빌딩이 보이는데, 기
차는 한강을 건너고 있어 쇠바퀴의 뜨거운 울림은 솟구치듯
어머니 기억을 퍼올렸다 몸배바지 벗고 양장 스커트를 입은
어머니, 내 보세공장 시다만큼 짧았던 어머니의 보험영업,
짠물 같은 기억도 함께 강을 건넜다

공과대학 건물들 장승보다 위엄 있게 서 있는 교정을 보
며 태식이 형을 생각했다 내가 음악다방 보이 할 때 가방 들
고 학교 다닌 태식이 형, 형이 다닌 학교를 딸이 입학 전 돌
아보던 날은 눈이 못된 겨울비 내리던 날이어서 대운동장 스
탠드 빈 채로 젖고 제3법학관 앞 소나무도 젖고 사범대 올라
가는 층계도 젖고 아내와 함께 쓰고 있는 우산도 젖었다

월세 계약서에 도장을 찍고 돌아가는 길 기차가 예전 방

식대로 덜컹거렸으므로 대전을 지나며 H에게 전화를 했다
너의 순백한 사랑이 네 목을 조르는 방식대로 내 삶의 올무
도 내 목을 졸랐다고 그에게 말하지 못하고 몇 마디 안부를
묻고 만나자는 안개 같은 약속을 남기고 전화를 끊었다

　　종착역으로 가는 기차는 여전히 흔들리고 있었다
　　흩어져 본 자만이 흔들릴 수 있으므로
　　흔들리지 않는 길 위에서만 흔들릴 수 있으므로
　　나는 흔들리고 있었다

동생 상재

월자누나네 뒷방으로 이사 가던 여름

두 살 아래 동생은 돌 무렵이었다

리어카로 두 짐, 풀어진 이삿짐 사이로

유리병의 파리약을 나는

마시는 시늉만 했고 동생은 병째 마셨다

짐 풀던 어른들이 그 길로 택시를 잡아

포항 큰 병원에서 죽은 아일 살려 놓았는데

동생이 막걸리보다 탁한

목소리를 가지게 된 내력이다

고등학교 마치던 해 동생은

중장비 보조기사가 되어 고향 떠나 어둡던 시절

아버지와 형 대신 돈벌이를 했다

동생의 작업화 소리를 듣는 새벽이 늘어날수록

파리약 한 병의 채무도

그 새벽마다 조금씩 늘어났다

검게 그을린 얼굴에

깊은 주름이 흉터처럼 자리 잡아갈 때

그는 기사가 되었고 결혼하고

중고장비를 사 독립을 했다 그리고,

십여 년이 흐른 어느 겨울

새 장비를 사서 고사를 지내던 날
고가도로 아래 중장비와 대형버스 주차장
돼지머리와 시루떡 올려놓고 절을 하는데
활처럼 굽은 어깨 위로
겨울달빛이 내리는데, 저 어깨는
술에 취한 아버지한테 삼형제가 쫓겨나
남순네집 화장실 벽에 기대 오한이 들어 떨 때
유난히 흔들렸던 그 어깨였지 하는 생각이 들었다
삶의 통증이 지문처럼 남아 있는 동생의 어깨를
아주 오래 바라본 이유였다

태식이 형

박체보네 집에는 아들이 둘 있는데
큰 아들이 기식이고 둘째가 태식이다
태식이는 나보다 한 살 많은 형인데
키도 크고 눈도 서글한 태식이 형은
오줌 눌 때 다리를 모으고 누었는데
정갈한 성격과 닮았다고 나는 이제야 생각한다
태식이 형네가 우리 아래채에 세 들어 있던 여름
형과 장기를 두었는데
내가 이기고 있는 판에서
한 수 물리네 못 물리네 신간이 붙었다
기억에는 없지만 이기고 있다고
형에게 까불어댔을 것이다
태식이 형이 장기판을 둘러엎고야 시비는 끝이 났다
형은 공부도 곧잘 해서
우리나라에서도 이름난 공과대학을 다녔는데
모르긴 해도 지금쯤 제법 의젓한 자리에 있을 거다
대학도 못 나온 나는 겨우 직장을 잡고
서른 한참 넘어서야 야간대학을 다녔다
그래도 내 언제고 태식이 형을 만나면
양복에 말쑥한 그를 만나면

한마디 해주고 싶은 말이 있다
그해 여름 장기는 내가 이긴 판이었다고
이생의 삶에서 내가 형을 이긴 유일한 판이었다고

1984년, 액자, 그리고 김남순

　　먼지 하나 먼지 둘 먼지 셋 그렇게 쌓인 먼지, 열일곱 살의 먼지 열여덟 살의 먼지 열아홉 살의 먼지, 그렇게 시간의 탑을 쌓았다 고향집 그 뒷집에 살던 동무, 숨결처럼 가난해서 열일곱에 방직공장 여공이 되었던 그녀, 얼굴에 찬물 끼얹으며 야간학교 다닌 나보다 공부를 잘했던 김남순, 방학이자 첫 휴가에 고향 오며 사다 준 한 짝의 플라스틱액자, 물결무늬 테두리에 녹은 적 없는 만년설처럼 먼지를 쓰고 고향 떠나 도시로 전셋집에서 다른 전셋집으로 동행하는 동안 책꽂이에 놓여 책꽂이의 일부가 된 액자, 곁에 내가 가끔 놓이는 것은 먼지 하나, 먼지 둘, 먼지 셋, 그렇게 쌓인 먼지의 힘이다

친구 J

새벽 어스름 고깃배 일 나가는 소리 들으며
그는 베개를 돋우고
밝아오는 아침을 외면한 채 등을 돌렸다
마지막인 줄 모르고 맞았던 아침을 남겨두고
우리는 헤어졌다 내가 도시를 유령처럼 떠돌 때
고향에 남아있던 J는 폐쇄병동으로 보내졌다
포항의 명문고등학교로 유학을 갔던 J가
가정형편이 나빠져 전학을 오고 나서
나는 유독 J와 어울렸다
소금기 축축한 판장 뒷골목에서
담배를 나눠 피우고 학교 빼 먹고
종일 당구를 치던 날은 우리들
졸업앨범 사진을 찍던 날이었다
다른 곳의 다른 새벽이
우리 헤어진 나이보다 더 많이 지나는 동안
다른 곳의 서로 다른 폐쇄병동에서
J와 내가 입원과 퇴원을 반복하는 동안
머리맡의 희미한 라디오 소리 그
잡음 섞인 라디오는 켜져 있어
무적소리처럼 나를 깨우곤 했다

이명선

상원 사는 명선이는 중학교 친구다
7번 국도 옛길 가의 중학교
통학시간이면 보이스카우트 단복 입고
호각 불며 교통정리를 했다
홍시처럼 얼굴 붉히던 명선이 등 뒤로
호각소리 크게 답례를 했었다
자식 많은 집 다른 딸들처럼
중학교 졸업하고 부산 금사공단 어디
봉제공장에 취직을 했던 명선이
고등학교 졸업하고 명선이 찾아갔던
금사공단 담장 높은 골목에서
길을 잃었던 나
장비기사 따라 순천에서 살림 차렸다는
수화기 너머 목소리
그 목소리 들은 지도 이십오 년
가다가 가다가 생각나더니
이렇게 시 한 편이 되었네, 이명선

장길수

길수는 고아였다 부산 양정
동의공업대학 재형이형 하숙방을 떠나
음악다방 카페트 위에 이불 깔고 살 때 만난
객지 첫 친구다
결 고운 목소리는 타고 났지만
기타 솜씨는 갈고 닦은 거였다
기타 치고 노래하는 무대 위의 길수는
언제나 행복해 보였다
집도 절도 없는 길 위의 삶이었지만
기타 한 대와 노래가 있었다
발레리나였던 여자 친구 헤어지자한다며
어둠 헤치고 찾아갔던 반송은, 그 초행길은
길수가 내게 준 선물이라
그 길 지날 때면 길수 생각 문득 떠오른다
스치듯 만났던 인연도 잠시, 스물 하고 몇 살
진주 갔다 오던 남해고속도로
공사 중인 길 위에서 수신호를 하고 있던 길수
야! 장길수, 부르는 소리에 얼어붙은 듯 서 있던 그를
그 길 위에 세워두고 너무 멀리 떠나왔다

곤리, 깊은 섬

　시내 사는 당숙이 어장을 하는 곳 섬 안에 사는 또 다른 당숙 낚싯배로 생계를 삼는 곳 욕지 가는 화물선 삼덕호의 선주였던 재종형님 내 사촌들과 일가 피붙이들 아직 살고 있는 바다 막내 돌 지나고 세 아들과 아버지가 귀향하던 날 시댁 동네 초행이라 어머니도 그 때 처음 가 보았다는 곳 술에 취한 아버지 빙판길에 미끄러져 피 철철 흘릴 때 우리 아버지 죽는다고 섧게 울었던 일곱 살 기억을 아직 가지고 있는 곳 섬이 내다보이는 민박집 어둠 너머의 섬을 보며 열네 살 딸에게 주저리주저리 할 얘기도 많았던 곳, 곤리, 내 마음의 깊은 섬

또 다른 귀향

아버지님 모습 속에 이 바다가 있었던 것 같아 어둠에 잠긴 바다를 보며 아내는 고백하듯 말했다 첫 아이 만삭 때 돌아가신 시아버지 실루엣만 남은 그녀 기억 속 아버지는 그렇게 그녀 앞에 나타났다 그날 낮 한산도 가는 배에서 아버지 모습이 보였다며 그녀는 배멀미를 하듯 흐느껴 울었다 산양면 섬 많은 바다 저녁노을 같은 아버지의 삶을 생각하던 그날은 아버지 돌아가시고 십육 년 만에 아내와 함께 아버지 고향을 찾던 날이었다

화진포

들고 있는 찻잔을
던지고 싶을 때 그런 날
날마저 궂어
길 건너 이층 집 옥상 가까이
하늘이 내려오면
화진포에 가고 싶다
대장장이 풀무질처럼
파도는 치고
슬픈 것들 녹여 위안을 얻는
나의 대장간으로 가고 싶다
연착하는 기차처럼 삶은
한 발짝씩 늦게 도착하고
하루 몇 번 내 안에서
바다가 저무는 날
화진포에 가고 싶다
간이역 대합실처럼
흐린 하루의 끝에서
저무는 바다를
오래 보고 싶다

다시 화진포

연어떼의 귀향처럼 파도는
끝없이 해변으로 밀려와
죽음과 부활을 노래한다
보아라, 쉼 없이 달려와
마지막 말을 쏟고
자기를 내려놓는 저
아름다움을 보아라
무너져야 일어서는 저
캄캄한 의지를 보아라
몸속을 하얗게 비우고
파도는 해변에서
마지막 숨을 몰아쉬고
돌아간다, 되돌아가는 것이
어디 쉬우랴만
몸 위에 몸을 포개며
다시 되돌아간다

고래불

보아라, 저

실한 몸들을

여기 어디쯤

저, 뜨거운

몸에

안기고 싶다

묘비명

여기

바다이고 싶었던

바람 같은 사람

잠들다

희망의 연대기

박형준 문학평론가, 부산외국어대학교 교수

시는 개인의 사상과 감정을 정제된 언어로 표현하는 예술이다. 그러나 시에 대한 이러한 정의에는, 우리가 오해해서는 안 되는 두 가지 고려 사항이 있다. 그것은 먼저, 시가 언어 예술가를 자처하는 전문 문사(文士)의 독점적 전유물이 아니라는 점이다. 다음으로, 시란 일상적 언어를 비틀고 꼬아서 난해한 표현으로 독자를 주눅 들게 하는 자기 과시의 산물이 아니라는 점이다.

그렇다면 시란 무엇인가. 잘 알다시피, 시는 산문과는 구분되는 세계 인식과 표현 방식을 취하고 있다. 문예이론에서는 이를 '서정抒情'이라는 용어로 설명한다. 서정(시)이란—사물과 대상을 객관적 입장에서 관찰하거나 기술하는 '서사'와 달리—, 글쓴이가 주관적 입장에서 세계(혹은 인간)와 조응하는 인식 및 표현 활동을 의미한다. 즉, 시는 예술이기에 앞서 인간의 자기표현 방식 중 하나이다.

이승재 씨가 이십 년 동안 써온 시를 묶은 『마개 없는 것의, 비가 오다』라는 시집은 문학이 자기표현의 방편인 동시에, 일상과 절단된 문자 행위나 자기 과시가 아니라는 점을 잘 보여준다. 그는 가족과 주변 사람(들)에 대한 웅숭깊은 사연을 진솔하면서도 따뜻한 시선으로 보여주고 있다. 아마도, 이 작품집을 읽는 독자라면, 그가 얼마나 따뜻한 사람인지 보지 않아도 알 수 있을 것이다. 왜냐하면 그에게 시란 관심과 온기를 담은 한 편의 '편지'와 다르지 않기 때문이다. 다음의 작품을 함께 보자.

하늘이 맑더냐고!
푸르고 푸르른 오월의 하늘이
헤아릴 수 없이 푸르렀고
꿈꾸는 나무들이 행복에 겨운 얼굴로
쪽빛 바람에 산들거리는 날이었다
엄마 아빠의 가슴 속
희망이 샘솟는 강을 건너
네가 오던 날
기쁨에 넘치는 햇살이
까르르까르르 웃고 있던
오후였다

네가 엄마 아빠의
사랑으로 오던 날이었다
　　　―「딸에게 쓰는 아빠의 첫 시」전문

위의 작품에서 보듯, 시는 가족에게 보내는 '편지'이다. 하지만 그것은 초고속으로 전송되는 전자서신이 아니라, 사람의 기억과 온기를 담아 전달하는 '느린 편지'이다. 물론 이때의 '느림'은 결코 세상사의 뒤처짐을 의미하는 것이 아니다. 이 시의 화자는 딸이 "세상에 오던 날의 풍경"을 마중하고 기록한다. 그는 온 세상이 딸의 탄생을 축복—나무와 산, 강과 하늘이 "푸르고 푸"른 기운과 사랑을 뿜어내고—하고 있음을 "기쁘"게 적고 있다. 하지만 이 시(편지)는 당시 막 태어난 딸아이가 읽을 수 없다. 그럼에도 불구하고, 그가 시를 통해 그 날의 풍경을 기록하는 까닭은 무엇 때문일까.

시는 시공간의 제약과 한계를 넘어 '공통의 기억'을 직조한다. 시는 편지처럼 '지금 당장' 발송되고 전파되지 않는다. 그러나 시는 오랜 기간 '기억'되고 '전유'된다. 시는 수십 년이 지나고, 수백 년이 지나도, 그 순간의 느낌과 풍경을 상실하지 않는다. 딸에게 쓰는 첫 시, 혹은 사랑의 편지가 문학의 영속적 특징을 바탕으로 (시공간의 제약을 타고 넘어) 따뜻한 온기로 전해질 수 있는 이유이다. 『마개 없는 것의, 비가 오다』에는 '가족'에서부터 '노점상 박씨'에 이르기까지 각기 다른 사연이 기록되어 있다.

> 공습경보 같은 차임벨이 울리고 전동차 바퀴가 코카콜라 거품처럼 웃고 있는 두 女子의 웃음소리를 먹고 어두운 속도로 사막을 건너고 있을 때 나는 피식 웃었다 대문 앞 신혼의 아내를 생각했고 거기 오아시스가 있다고 생각했기 때문이다 아직 지하철이 덜컹거리며 어둠을 넘어뜨리고 어둠 속을 달리고 있었으므로 나는 여전히 고비사막을 생각하고 있었다
>
> ─「종이학을 접고 있는 女子가 있는 지하철」 부분

이 작품은 아내에 대한 기억/기록이다. 여타의 작품에서와 같이, '○○에게'라는 형식을 취하고 있지는 않지만, 이 사연에는 아내를 생각하는 마음이 담겨 있다. 시적 화자는 황량한 사막과 같은 세상("어둠")을 살아가고 있고, 이를 무사히 건널 수 있는 힘과 용기를 여전히 아내("대문 앞"에서 자신을 기다리고 있던 "아내")에게서 얻을 수 있다고 말한다. 이 작품에서는 '아내'로 표현되어 있지만, 이승재 씨에게 사막과 같은 삶을 견디게 하는 '오아시스'는 딸, 아들, 부모, 친지 등과 같은 가족, 그리고 세상의 다양한 인연(들)이다.

아내(「저녁기도」, 「종이학을 접고 있는 女子가 있는 지하철」 등)와 아들(「5학년 딸 1학년 아들」, 「왜냐하면」, 「여름산정」 등), 어머니와 아버지(「바다의 연혁」, 「절벽 위에 살던 때의 기억」, 「아버지의 죽음」 등), 자형(「갱상도 남자 대홍 형님」)과 장모(「손성교 여사님」), 그리고 가난한 노인과 노점상 상인(「노점상 박씨」 연작 등)에 이르기까지. 더 이상의 작품(들)과 인연(들)을 일별하지 않더라도, 이승재 씨가 시를 통해 세상과 사람(들)에게 말을 건네고 있다는 사실은 쉬 알 수 있다.

이와 같이, 이 시집 전체를 관통하고 있는 중요한 특징 중 하나는 '서간(書簡) 형식'이다. 서간 형식의 작품은 1부에 집중되어 있는데, 여기에는 주로 가족에 대한 마음과 기억이 주를 이루고 있다. 서간이란 발신자, 메시지, 수신자로 구성된다. 이는 특별한 표현 방식이 아니라, 인간 의사소통의 기본 원리이다. 즉, 이승재 씨는 가족과 주변 지인(들)에게 말을 건네는 대화 매체로 '시'라는 언술방식을 선택하고, 이러한 시적 소통을 수십 년 동안 실천해 온 셈이다. 그렇다면, 『마개 없는 것의, 비가 오다』는 글쓴이가 사람/세상과 나눈

오랜 소통의 기록(편지)이라 할 수 있다.

1부와 달리—서간이라는 시적 형식을 취하고 있는—, 3부는 시적 화자의 유년시절과 부모님에 대한 기억을 (누구에게도 말할 수 없는) 내밀한 '자서전'(혹은 '연대기')의 형식으로 담아내고 있다. "절벽 위"에 던져진 듯 위태로웠던 '축산항'과 '남부민동'에서의 삶은, 그래서 글쓴이의 원형적 심상 공간을 상상하게 한다. 아래의 작품을 보자.

> 갯바위 갈매기들에게
> 닿지 않는 돌팔매를 하는 어린 것들 얼굴엔
> 마른 버짐이 피어있었다
> 해당화는 피었지만 싱겁게 붉었던
> 1989년 축산항,
> 아버지는 아침저녁 가래침을 뽑아 올렸지만
> 긴 흉어기 젖지 않은 것뿐이었고
> 살림은 마를 대로 말라
> 가랑잎처럼 바스락댈 때 고향을 떠났다
> 도크장 폐선 같은 아버지 뒷모습 보며
> 장남인 나는
> 이불보따리를 묶고 장독을 날랐다
> ― 「1989, 그리고 축산항」 부분

이 시는 시적 화자의 유년 시절을 이해하는 단서가 된다. "마를 대로 말라"버린 "살림"은 축산항("고향")을 떠나야 했던 현실적 이유이다. 고향을 떠나 "처음 살았던 동네"는 부산의 남부민동으로, 시의 화자는 이때의 삶을 "절벽 위에 살던 때", 혹은 가족 모두가 "빈혈을 앓았던 그때"라고 적고 있다. 힘들고 고단했던 어린 시절은 그래서 '어머니'와 '아버지'에 대한 기억과 겹쳐 읽힌다. 특히, 3부에서는 어머니, 할머니, 외할머니, 외할아버지 등에 대한 사연이 다수 등장하는데, 이는 3부 작품 전체가 이승재 씨의 '정신적 뿌리'를 탐구하고 기록하는 장으로 구성/할당되어 있기 때문이다.

특히, 그것은 "바다"라는 이미지로 집약된다. 「바다의 연혁」이라는 작품이 시사하는 바와 같이, 바다는 실존적 개인의 인생 '연혁'이자 '연대기' 자체이다. 유년시절을 표상하는 장소성은 대부분 바다로 상징된 것(들)이다. 축산항, 남부민동(부산 항구), 선창가, 탐조 등, 산양면 섬 많은 바다 등은 3부의 핵심 이미저리인 '바다'로 수렴되며, 이 시집의 주제 의식과 시적 정서 형성에 통일성을 부여한다. 그렇기에, 『마개 없는 것의, 비가 오다』의 시적 배경이 되는 축산항과 남부민동 등은 실제 '장소 이상의 의미'를 담고 있다고 말할 수 있다. 허면, 그것은 무엇인가? 아래의 시를 보자.

> 영덕 축산항은 나의 외가다
>
> 선주집 딸 어머니
>
> 객지 뱃사람과 정을 쌓고
>
> 젖먹이 아들 얻어 다시 돌아온
>
> 어머니의 친정이 있는 동네다
>
> 제사 때면 내 차례가 돌아오지 않는
>
> 아버지 대신 어머니 아들로 불리며

서럽거나 말거나 샛바람 불던 곳이다

　－「샛바람을 닮은 동네」 일부

　축산항과 남부민동은 지도에 물리적으로 표기되어 있는 지정학적 실체가 아니다. 그보다는 오히려 시적 화자의 유년 시절을 환기하는 심상 지리적 공간이 된다. 즉, 축산항은 지도 위에 배치되어 있는 것이 아니라, 이승재 씨의 마음 깊은 곳에 존재한다. 축산항은 자기 자신의 존재 근원이 되는 모태 공간인 동시에, "아버지 대신 어머니 아들로 불리"던 상처와 아픔의 시공간이기도 하다. "서럽거나 말거"나 불어오던 "샛바람"은 시적 화자의 유년 시절이 망각되지 않도록, 끊임없이 바다의 기억을 환기하는 매개로 기능한다. 이를테면, 『마개 없는 것의, 비가 오다』의 3부를 구성하는 바다 시편은 '기억의 연대기(연혁)'를 창안하고 있는 셈이다.

　하지만 이 시집의 '바다 이미지'가 상처와 아픔, 그리고 고단하고 연약했던 기억의 자리만을 환기하는 것은 아니다. 「아버지의 죽음」에서 보듯, "아버지"는 바다가 되었다. 시적 화자는 "밀물처럼 왔다가 썰물처럼 가버리는 아버지를 원망"했고, 또 "이해하지 못했"(「나는 멸치잡이 어부의 아들이다」)다. 하지만 이제는 아주 조금, 아주 조금은 아버지의 삶을 이해할 수 있게 되었다. 「보신탕 한 그릇」에 나오는 "나보다 측은했던 아버지 얼굴"이란 표현은, 이를 확인할 수 있는 '깊은 마음의 문장'이다. 그래서일까? 글쓴이는 시적 화자를 깊고 어두운 바다의 심연 속으로 던져 넣지 않는다. 바다는 '절망'에서 '희망'을 건져 올리는 새로운 공간으로 형상화된다. 두말할 것도 없이 그것은 '어머니'에 대한 기억, 혹은 이미지와 결부되어 있다.

　　절벽 위의 우리 가족이 절벽을 닮아갈수록 저는 더 자주 절벽으
로 갔어요 봉래산을 넘은 바다안개가 항구의 불빛을 하나 둘 삼키면
안개 속으로 검은 말들을 쏟아냈죠 어머니 그때 저는 보았어요 봉래
산 바다안개가 항구의 불빛을 모두 삼키고 온 몸으로 밀어붙여도 우
뚝해 있던 용두산공원 용두타워를 그래요 어머니 이제 알아요 희망이
그런 거라는 걸 언제나 숨 막히는 저 뒤편 어디인 것을 봉래산 바다안
개와 살을 섞고 나서야 비로소 보이는 거라는 걸
　　－「절벽 위에 살던 때의 기억」 일부

　　통상 바다는 넓고 끈질긴 생명력(모성)을 상징한다. 하지만 이
승재 씨는 '바다'를 손쉽게 유토피아적 공간으로 치환하거나, 희망
의 판타지로 도약시키지 않는다. 바다가 거친 남성(성)의 이미지를
상상하게 하기도 하는 것과 같이, 이 시집에 등장하는 바다는 조화
롭고 평화로운 모성적 심상이 아니다. 그것은 마치 생의 "절벽" 위
로 내던져진 것처럼 위태롭고 차가운("연탄보일러 고장난 아랫목")
삶의 자리이다. 하지만 어머니는 가파른 벼랑 위로 내밀린 상황 속
에서도 희망을 포기하지 않는다. 어머니는 "잔기침 같은 삶", 혹은
"불빛"을 찾을 수 없는 "안개" 속을 묵묵히, 그리고 억척스럽게 버티
며 걸어간다.

　　물론 이런 삶의 여정은 고단하다. 그래서 시인은 어머니의 이미
지를 "무말랭이"라고 표현하기도 한다. 겨울바람("한데서") 속에서
물기가 빠질 때까지 견디고 있는 무말랭이, 그 건조하고 팍팍한 질

감에서 어머니의 기억을 환기하는 것은, 너무나도 가슴 아픈 일이다. 하지만 그것은 분명 감각되고 기록되어야 한다. 희망이란 바로 그런 것이 아니겠는가. 한치 앞도 보이지 않는 "안개" 속을 포기하지 않고 걸어가는 것. 그리고 그 속에서 먼 곳의 불빛을 탐색하는 것. 어머니가 자식에게 물려주고 싶던 '생生의 깨달음'이란 이것이 아니었을까. 절벽으로 내던져질 때조차도, 혹은 한 걸음도 보이지 않는 안개 속을 걸어가야 할 때조차도, 생의 희망을 포기하지 않는 용기와 마음. 아마도 어머니는, 그것이야말로 (고단한 세상을 살아가야 하는) "장남"에게 물려줄 수 있는 유일한 "유산"(「어머니의 유산」)이라고 생각하지 않았을까.

지금까지 살펴본 바와 같이, 이승재 씨는 『마개 없는 것의, 비가 오다』 3부에서 고향에 대한 기억과 바다 이미지를 통해 '자기 생의 근원적인 내력'을 복원하고 있음을 잘 알 수 있다. '한 편의 시'에 '한 사람의 모든 인생'이 담겨 있듯, 이러한 자서 형식은 너무나도 소중한 작업이다. 다만, 이 귀한 시집이 보다 많은 독자에게 보편적 울림을 주기 위해서는 '사적 연혁(연대기)'의 기술과 재현을 넘어서려는 노력 역시 동반되어야 한다. 이 작품집의 2부에서 그런 가능성을 발견할 수 있는 것은 반가운 일이다.

> 공장 일 마치고 집으로 가던 부부는
> 짐칸 가득 사과를 실은 노점상 박씨에게
> 한 소쿠리 삼천 원 사과를 샀다
> 농협직원들이 한잔씩들 하러 가는
> 저녁 일곱 시 가까운 시간이었다

노점상 박씨 노점상회는 문이 없어

오가는 사람 모두 손님이라

없는 문을 열고 들어와

없는 문을 밀고 나가는 사람들

모두 바쁜 저녁 일곱 시의 서동

음주 삼진아웃으로 이년 만에

노점상 다시 시작한 박씨

사과 두 봉지 사고 나도

그의 손님 된 것이 며칠 전이었다

   – 「노점상 박씨 1」 전문

1, 3부와 달리, 2부는 가족의 바깥에서 세상과 조우하는 작품 (들)을 만날 수 있다. 한 개인의 기억이 사적 내력만을 반추하는 데 이터가 될 수 없듯이, 우리의 일상은 다양한 사람과의 관계 맺기를 통해서 보존되고 또 새로워진다. 이승재 씨의 첫 시집에는 타인을 향한 따뜻한 시선이 존재하고 있다. 특히 이는 누추하고 힘든 생활 속에서도 희망을 잃지 않고 살아가고 있는 이들에 대한 관심과 묘 사로 구체화된다. 1부에 등장하는 노파(「수레와 비탈」)와 장씨(「석수 장이 김씨의 달빛」), 그리고 2부에 등장하는 '이춘녀씨'와 '구두 닦는 마사장' 등은 모두 그러한 인간군상(들)이다. 물론 그 중에서도 특 히, '노점상 박씨'에 주목할 필요가 있다.

이 시집의 2부에 수록된 「노점상 박씨」는 여덟 편으로 구성된 연작시이다. 「노점상 박씨」 연작 1, 2, 3은 '노점상'의 모습을 시간대 별로 기록한 것이다. 특별한 상징이나 비유를 쓰지 않고, 시적 화자의 관점에서 '노점상 박씨'의 삶을 담담하게 그려내고 있다. 잘 알다시피, '노점'은 안정적인 정주 공간이 아니다. 그 자리에서 언제 쫓겨나고 밀려날지 모르는 불안정하고 불확실한 생존 거처가 '노점'이다. 글쓴이는 노점의 이런 취약한 생존 조건을 예민하게 포착하고 있는 것이다. 시가 소외되고 주변화된 존재(들)의 목소리를 발굴하고 발화하는 표현양식이라고 할 때, 그의 이런 태도는 가히 '시적인 것'이라 할 만하다. 물론 이승재 씨의 첫 시집 『마개 없는 것의, 비가 오다』가 분명한 미학적 성취를 획득했는가 하는 점은, 조금 더 논의가 필요하다. 다만, 시적인 것에 대한 탐구와 표현은 미학적 자질을 통해서만 평가되는 것은 아니다.

시를 읽거나 쓰는 이는, 다른 사람이 감지하거나 발견하지 못하는 삶의 모습과 진실을 예민하게 감각하는 존재이다. 가족사로부터 시작하여, 조금씩 세상으로 나아가는 말문을 열고 있는 그의 시는, 그런 점에서 겸손하며 진솔하다. 자신의 삶을 과장하거나 뽐내지 않고, 따뜻한 대화와 만남에서 희망의 연대기를 창조하고자 하는 『마개 없는 것의, 비가 오다』가 의미 있게 다가오는 이유이다.

잘 알다시피, 시는 일상생활과 괴리된 특별한 창조물이 아니다. 시를 비롯한 문학은, 세상사와 단절된 고고학적이고 탐미적인 언어가 아니라, 우리의 일상생활 도처에 존재하는 사연이자 말의 흔적일 따름이다. 인생이 끝나지 않았듯, 우리의 사연 역시 끝나지 않았다. 이승재 씨의 두 번째 시집을 기대해 본다.

스스로 탄생한 시인

황경민 cafe 헤세이티

시에 대한 오해 중 하나는 시인만이 시를 쓴다고 생각하는 것이다. 다시 말해 시인이라는 자격이 있고, 그 자격을 취득한 자들이 시를 쓴다는 생각, 어떤 특별한 재능을 가진 사람들이 시를 쓴다는 생각이다. 그러나 이 생각은 잠시만 생각을 뒤집어봐도 성립할 수 없는 편견이거나 선입견일 뿐이라는 사실이 드러난다. 시인은 태어나는 것이 아니라, 어떤 자격 따위가 아니라 시를 썼기로 시인이 된 것일 뿐이다. 그러니까 시가 먼저고 시인이 나중인 것이다. 시인이었기로 시를 쓰는 게 아니라 다만 시를 썼기로 시인인 것이다. 다시 말해 누구나 시인이 될 가능성을 지니고 있으며, 시를 쓰는 자가 결국 시인이 되는 것이다. 지금 당신이 시를 쓰고 있으면 시심이 가득한 시인인 것이고, 어떤 시인이라도 시심을 버리고 시를 놓고 있으면 시인이 아닌 것이다.

시인은 고정된 그 무엇이 아니다. 시인은 언제나 지금 태어나고 있는 중이다. 지금 시를 쓰고 있는 당신, 시를 읽고 있는 당신인 것이다.

이승재 시인의 시집 원고를 읽고 난 뒤 처음 든 생각은 시에 관한 것이 아니라 그가 참 용기 있고, 진실한 사람이라는 것이다. 그가 왜 용기가 있냐고 하면, 소위 말하는 시인이라는 지위, 혹은 자격 따위에 구애 받지 않고 시를 써서 시집을 묶어내고자 했기 때문이며, 그가 왜 진실한가 하면, 자신의 일대기, 혹은 자신의 자서전이라 할 만한 세계가 시 속에 온전히 담겨있었기 때문이다. 시와 시인이 일치하는 경험은 아주 드문 일이다. 그는 내게 그런 경험의 예감을 안겨준 시인이었다.

누구에게나 어떤 내력이 있다. 그러나 그 은밀한 내력을 정직하게 드러내는 일-자신을 대면하는 일은 결코 쉬운 게 아니다. 그는 이 난감한 일을 정면으로 수행해 낸 것이다. 게다가 그는 정직할 뿐만이 아니라 빼어난 시도 가지고 있어서 나는 이번 시집보다 앞으로의 그의 시가 더욱 기대된다. 아래 두 편의 시를 보자.

이기대
바위 절벽 위
나리꽃
바람의 절창이다
용호 섶자리
쇠락한 포구의 도크장
바람은 수선할 수 없어
광안대교 달리는 차바퀴에
철거덩 철거덩 몸 부서지는
나리꽃 그 바람

– 「용호 섶자리」 전문

움직이지 않고 있는 시간은

젖고 있는 시간

사월 햇살 아래 나무가 그렇고

날개 짓 멈추고 꽃잎에 앉은 벌이 그렇고

옮겨 심은 지 두 해

올 봄 꽃을 피우지 못한

목련을 바라보는 내가 그렇다

– 「모두 젖어서 어쩌자는 건가」 전문

이 두 편의 시는 더하고 보탤 것도 없이 그저 좋은 시다. 좋은 시는 다만 음미할 뿐 해석은 삼가는 게 예의다.

제비꼬리처럼 좌르르르 잘 빠진 시는 많지만 옹이진 손마디처럼 투박한 시는 드물고, 포장이사처럼 세간을 숨긴 시는 많지만 리어카 이사처럼 누추한 세간을 드러낸 시는 드물다. 행여 무엇이 윗길이냐고는 묻지 마시라. 다만 울었기로, 그 울림으로, 증명할 뿐. 그가 받아 적은 바람과 바다와 사람들의 연혁 앞에 당신도 문득 젖은 기억을 받아 적으리라.

아, '변기통에 앉아 똥을 밀어내는 힘으로' 쓴 시를 읽고 있자니 나도 그만 아랫배가 싸르르르 아프다. 똥처럼 밀려나와 버리고 만 한 시인의 탄생을 축하한다.

소요유시선 01

마개 없는 것의, 비가 오다

초판 1쇄 2017년 4월 18일 펴냄

지은이 ㅣ 이승재
펴낸이 ㅣ 박윤희
펴낸곳 ㅣ 도서출판 소요-You
디자인 ㅣ 윤경디자인 070-7716-9249
등록 ㅣ 2013년 11월 12일(제2013-000009호)
주소 ㅣ 부산시 중구 복병산길7번길 6-22
전화 ㅣ 070-7716-9249
팩스 ㅣ 0505-115-3044
전자우편 ㅣ pyh5619@naver.com

ⓒ 2017, 소요-You
ISBN 979-11-951705-9-3

이 도서의 국립중앙도서관 출판예정도서목록(CIP)은 서지정보유통지원시스템 홈페
이지(http://seoji.nl.go.kr)와 국가자료공동목록시스템(http://www.nl.go.kr/kolis-
net)에서 이용하실 수 있습니다.(CIP제어번호: CIP2017009043)